Mario Rossi

Bleibende Werte des Silvio Berlusconi

Mario Rossi

BLEIBENDE WERTE

Die politischen Verdienste
des
Silvio Berlusconi

mit keinem Nachwort
von Ruby R.

Literareon · München

Bibliografische Information der Deutschen Nationalbibliothek:
Die Deutsche Nationalbibliothek verzeichnet diese Publikation
in der Deutschen Nationalbibliografie; detaillierte bibliografische Daten
sind im Internet über http://dnb.d-nb.de abrufbar.

Bildnachweis: www.la-moncloa.es · Wikipedia

ISBN 978-3-8316-1583-4

Printed in Germany

Literareon im Herbert Utz Verlag GmbH, München
089-307796-93 · www.literareon.de

Inhalt